A MON FRÈRE

LE GÉNÉRAL DE CHABRON

NOTRE PAYS & NOTRE MÈRE

SOUVENIRS POÉTIQUES

PAR H. DE CHABRON

PRIX : 75 CENTIMES

LE PUY

TYPOGRAPHIE ET LITHOGRAPHIE M.-P. MARCHESSOU

1865

A MON FRÈRE

LE GÉNÉRAL DE CHABRON

NOTRE PAYS & NOTRE MÈRE

SOUVENIRS POÉTIQUES

PAR H. DE CHABRON

PRIX : 75 CENTIMES

LE PUY

TYPOGRAPHIE ET LITHOGRAPHIE M.-P. MARCHESSOU

1865

I

Mon frère bien-aimé, tu me l'as dit souvent ;
Aux champs la vie est douce et le cœur est content ;
Tout y plaît, tout séduit ! les moissons ondoyantes,
Les vergers, les ruisseaux, leurs rives verdoyantes,
L'ombrage des forêts et le chant des oiseaux,
Le rude laboureur allant à ses travaux,
Grands et petits troupeaux qu'on mène au pâturage,
Tout enfin nous redit les jours du premier âge.

Ami ! les champs ainsi, pour moi c'est le repos ;
Là, j'ai la paix du cœur ; là, j'ai l'esprit dispos.
Que faire en ce loisir ? Rêver, penser et lire ?
Oui, mais parfois encore, il me plaira d'écrire.

Autrefois, tu le sais, j'aspirais au bonheur,
Et dans mes songes vains je voyais la lueur
Des horizons nouveaux illuminer l'espace
Et d'un monde vieilli venir changer la face.

C'était illusion ! le Dieu de l'univers
Sur ce qu'il a créé, seul a les yeux ouverts ;
Respectons ses décrets, soumettons-nous sans crainte
A l'immuable loi de sa volonté sainte.
Ah ! que j'aime bien mieux, lui laissant l'avenir,
A ceux qui ne sont plus, donner un souvenir !
Ces champs que nous foulons nous parlent de nos pères :
Eh bien ! qu'au ciel pour eux s'élancent nos prières ;
Réveillons le passé dans nos cœurs oublieux,
Et prions pour les morts qui furent nos aïeux.

Sous les ombrages frais d'un arbre séculaire,
Revenant aux vieux temps que savait notre mère,
Plein de ses souvenirs, je veux dire en mes vers
Ce qu'elle m'apprenait dans ses récits divers ;
Sur ses pas, au hasard, contemplant la nature,
Je n'irai pas au loin chercher une aventure ;
Nos histoires, nos bois, nos sites, nos torrents
Suffiront à remplir le premier de mes chants.

Puis, je verrai plus tard, si les temps où nous sommes
Ont toujours progressé pour le bonheur des hommes ;
Une muse plus grave inspirera ma voix,
Et de la vérité me dictera les lois.

II

Sur un des beaux versants où naissent les Cévennes,
Loin du bruit des cités, à l'ombre de vieux chênes,
Où travaillaient en paix de joyeux laboureurs
Nourrissant leur famille au prix de leurs sueurs,
Fut bâti Monistrol, antique monastère.
Le bon moine en ces lieux adressait sa prière
A ce Dieu tout-puissant, soutien des malheureux,
Qui sur les affligés veille du haut des cieux.
Les enfants des hameaux, d'un commerce facile,
Se groupèrent bientôt autour de cet asile,
Et chaque jour de fête ils unirent leurs chants
Aux chants sacrés du prêtre, et leurs mâles accents,
En élevant vers Dieu leurs pieuses pensées,
Attirèrent du ciel ces fertiles rosées
Qui donnent l'abondance, et font aux travailleurs,
En comblant leurs greniers, oublier leurs labeurs.

Dans ce modeste lieu tout devenait prospère ;
Pour le pauvre abondait le pain du monastère ;

Et l'on vit maintes fois les pieux pèlerins,
Sur le seuil, en sortant, donner à pleines mains.

Le riche aussi, lassé des plaisirs de la ville,
Cherchant pour son repos une plage tranquille,
Et s'abritant un jour sous les murs du couvent,
Promettait au départ d'y revenir souvent.

III

Illustre rejeton de cette noble race,
Qui près de nos vieux rois sut conserver sa place,
L'Evêque de Bourbon visitant Monistrol
Un jour, fut captivé par les beautés du sol.
Un castel, dont les murs attestaient la durée,
Des Evêques du Puy, seigneurs de la contrée,
Etait la résidence. « On le restaurera,
» Dit Bourbon, et par lui mon renom grandira.
» Ici je veux placer tes restes, ô ma mère !
» Ici je veux fonder une sainte prière
» Qui t'accompagne au ciel, et s'il faut que ton nom
» Soit par tous oublié, qu'au moins de ton pardon

» Se conserve en ces lieux l'éternelle mémoire :
» Qu'un vaste monument, dont parlera l'histoire,
» Rappelle aux habitants de cet heureux pays
» Et les pleurs de la mère et le culte du fils (1). »

Bientôt on vit sortir du sein de la montagne
Un immense palais digne d'un Charlemagne :
Ce colosse, flanqué de deux énormes tours,
Egala la richesse et le luxe des cours ;
L'or ruisselait partout ; le marbre, les tentures,
Les merveilles du goût ajoutant leurs parures
Aux chefs-d'œuvre de l'art, firent de ce séjour
Le plus brillant manoir des pays d'alentour.

Un parc, aux longs circuits, de sa vaste envergure
Ombrageait ce palais, et le sombre murmure
Des eaux de deux torrents qui coulaient à ses pieds,
Mêlait aussi son charme aux concerts variés
Des doux chanteurs ailés dont le tendre ramage

(1) Jean de Bourbon, Evêque du Puy, était un enfant naturel; le nom de sa mère n'est pas arrivé jusqu'à nous. Elle fut enterrée dans l'église de Monistrol. Monseigneur de Bourbon, pour perpétuer son souvenir, fonda dans cette église une messe, sous le nom de messe bourbonnienne, qui s'y célébrait tous les jours.

Eveillait leurs petits cachés dans le feuillage.
Tout était ravissant ! Du haut de ce vallon,
Les yeux se reposaient sur un vaste horizon,
Et l'art voulant encore embellir la nature,
S'y distingua partout par son architecture.
Là, les dieux, que la Grèce avait faits immortels
Retrouvaient à la fois des temples, des autels,
Et l'artiste à leur front rendant le diadème,
Multipliait pour eux l'attribut ou l'emblème.
Bacchus, le vieux Bacchus, auprès de son tonneau,
Attendait pour l'emplir les raisins du coteau.
Vénus, aux doux regards, dont la simple parure
Egalait sans effort l'attrait de la nature,
Assise mollement sur les fleurs du gazon,
Tenait sur ses genoux le malin Cupidon.
Neptune au front bruni, les yeux fixés sur l'onde,
Armé de son trident aussi vieux que le monde,
N'avait pas à calmer les eaux de ces bassins,
Dans ces riants bosquets les cieux étaient sereins.
Pan, sa flûte à la main, des oiseaux du bocage
Essayait vainement d'imiter le langage.
L'Olympe tout entier en ce brillant séjour,
Semblait, sans nul regret avoir formé sa cour,
Attiré par l'éclat de cet heureux domaine,
Où la beauté de l'art régnait en souveraine.

Le grand œuvre accompli, tout changea dans ces lieux,
La charité tendit la main aux malheureux,
Un facile travail y prodigua l'aisance
Pour l'ouvrier, le luxe engendra l'abondance.

Ce contact journalier d'hommes aux nobles cœurs,
De nos durs montagnards vint policer les mœurs.
Moins rude désormais sous la serge ou la bure
Qui servait d'enveloppe à leur franche nature,
Pour le bonheur de qui savait les rendre heureux,
Pleins de reconnaissance ils formèrent des vœux.

Donc, tous vivaient en joie auprès de cet asile.
Le riche s'y plaisait; il lui devint facile
D'amasser pour le ciel cet immense trésor
Que l'on trouve au réveil. C'était un âge d'or;
La franchise y régnait : point de luttes rivales,
Point d'intrigues de cour, point de lâches cabales,
Chacun gardait sa place au coin de son foyer,
Le maître restait maître, et le bouvier, bouvier.

Que de bons habitants, à l'ombre des charmilles,
Purent tout à loisir élever leurs familles !
Et l'enfant tout petit, en sortant du berceau,

Goûtant à pleins poumons l'air pur de ce coteau,
Apprenait au début, sur le sein de sa mère,
A bégayer des noms que l'histoire vénère.

L'époque est loin de nous, où ce noble seigneur
Vint dans ce beau séjour oublier sa grandeur :
Les restes mutilés des arbres séculaires
Dont les troncs vermoulus, soutenus par des lierres,
Ont résisté quand même à l'orage du temps,
De leur antiquité nous sont de sûrs garants.
Mais le temps a marché, tout avec lui s'écoule ;
Et souvent dans sa course il passe sur la foule
Sans lui laisser, hélas ! le moindre souvenir.
Mais dans ce court passage où l'homme doit mourir,
Que du moins ses vertus aient trace sur la terre,
Le bien que l'on y fait n'aura rien d'éphémère ;
Lorsque du genre humain on rêve le bonheur,
On a conquis de droit la mémoire du cœur.

Soyez, soyez béni, vous qui, sur cette plage,
De vos nombreux bienfaits laissâtes, d'âge en âge,
Un touchant souvenir ; les siècles ont passé,
Mais votre nom toujours y restera tracé.
On se rappelle encor tout ce que vous y fites,

Nos neveux l'apprendront; ils sauront que ces sites,
Asile préféré d'un prince de haut rang,
Durent à son amour un destin florissant.

IV

Tôt ou tard ce château devait changer de maître;
Cette terre est ainsi, tout naît pour disparaître.
Les nouveaux successeurs de l'illustre Bourbon,
Firent aussi régner les splendeurs, le grand ton
Et le luxe des cours ; la noble résidence
Resta, comme devant, la villa de plaisance
Des Evêques du Puy. Qu'ils aimaient à venir
Dans ce séjour rustique, y goûter le plaisir
Qu'on ne trouve qu'aux champs ! là, toujours leur pré-
[sence
Faisait naître la joie ainsi que l'abondance ;
Et les bienfaits, éclos sous chacun de leurs pas,
Montraient qu'il est encor des bonheurs ici-bas.

Pourquoi n'avait-on pas, partout sur cette terre,
Ce bien-être assuré? Pourquoi des cris de guerre

Déjà retentissant dans un sombre lointain ;
Présage douloureux d'un fatal lendemain !
C'est que des rois alors, enflés de leur puissance,
Voulaient que tout pliât sous leur obéissance ;
Et leur joug trop pesant forçait les nations
A s'armer du fléau des révolutions.
Et quand parfois le peuple abattait un empire,
Outré dans sa fureur, il voulait tout détruire ;
Foulant d'un pied sanglant l'honneur et le devoir,
Il connut à son tour l'ivresse du pouvoir.
Poussé par ses tribuns qu'animait la vengeance,
C'était la guerre à mort ; et, dans sa violence,
S'il brisait la couronne et le sceptre des cours,
Il retombait moins libre et malheureux toujours,
Ne laissant après lui que la triste mémoire
D'une tache de sang dont il souillait l'histoire.

Tel l'imprudent nocher qui, dans son fol orgueil,
Se joue à défier la tempête et l'écueil ;
Tout prêt à s'engloutir au profond de l'abîme,
Il veut par mille efforts escalader la cime,
En vain l'âpre océan résiste au passager,
Le passager s'élance au mépris du danger.
« Si je pouvais, dit-il, par ma noble vaillance,

» Monter plus haut, toujours plus haut ! ! ! » vaine espé-
[rance !
Il n'a pas su guider l'esquif qui le portait,
Il a touché l'écueil, s'y brise et disparaît.

Telle, dans le chaos, on vit un jour la France
S'abîmer tout entière, et le peuple en démence,
Ivre de ses transports et devenu cruel,
Renverser d'un seul coup et le trône et l'autel.

Que devenir, hélas ! dans ce moment suprême !
La fureur des méchants s'attaquait à Dieu même ;
Plus d'espoir de salut fidèle aux gens de bien ;
Où chercher le secours, où trouver le soutien ?
Qui voulut, en ces jours, lutter contre l'orage,
Se heurta, se broya contre la folle rage
De ces monstres humains aux deux bras teints de sang,
Pour qui le criminel, seul parut innocent.
Ils avaient entonné leur dernier cri de guerre ;
Un haillon rouge ou noir leur servait de bannière ;
Immolant leur pays qu'ils voulaient rajeunir,
Par le deuil et la mort ils croyaient en finir.
Détestables moyens pour créer le bien-être !
Ah ! si Quatre-vingt-neuf avait sa raison d'être !
Et si, dans l'avenir, les révolutions

Peuvent, vers le progrès, pousser les nations,
Feront-elles jamais oublier tant de crimes,
Et l'échafaud hideux et le sang des victimes?
Le progrès coûte-t-il de semblables douleurs !!
Voyez Quatre-vingt-treize, et voyez ses horreurs;
Voyez ces forcenés, dans leur rage cruelle,
Promener en tous lieux la torche criminelle!
Voyez la liberté, pâle sous le bâton;
On l'adore, on la tue! aussi que disait-on
En la voyant l'objet de ce culte adultère?
La liberté fut un beau nom,
Ecrit en fort beau caractère,
Aux portes de chaque prison.

V

Pendant ces mauvais jours où la raison s'égare,
Où le grand peuple Franc redevenait barbare;
Sous ce régime affreux, régime de la peur,
Que l'histoire a nommé de ce nom : LA TERREUR!
Et que la plume en deuil à peine ose décrire.
Monistrol eut aussi son moment de délire :

Emporté par le flux qui remontait toujours,
Mon calme et cher pays connut les mauvais jours.
On vit des citoyens vénérés, nos modèles,
Indignement ravis à leurs foyers fidèles,
Et jetés dans les fers comme des malfaiteurs !
Rien ne put des tyrans arrêter les fureurs.
Ni pitié ! ni remords ! on voyait à toute heure
De jeunes orphelins, chassés de leur demeure,
Demander à grands cris de suivre leurs parents
Pour souffrir avec eux leurs peines, leurs tourments.
Mais ces hommes sans cœur, aux hideuses colères,
Des enfants éplorés rejetaient les prières,
Les laissant au hasard, sans appui, sans soutien,
Chassés du toit natal et privés de leur bien.

Les monstres épuisés de meurtre et de carnage,
Sur les propriétés assouvirent leur rage ;
De ce vaste palais qu'ils n'ont pu renverser
Qu'est devenu le parc ? Ils n'ont fait que passer
Et nous n'y trouvons plus ces temples,ces beaux marbres
Si richement sculptés, ces vergers, ces vieux arbres,
Ces bassins, ces bosquets, invitant aux plaisirs ;
Hélas ! rien n'est resté ! rien que les souvenirs.
Seul le château géant plus puissant que l'orage,

Des Vandales d'alors a défié l'outrage ;
Il plane encore intact sur le riche vallon
Où la Loire en rampant déroule son sillon.

A ces crimes affreux nous avons peine à croire,
Mais ces faits resteront dans l'implacable histoire,
Ils vivront plus que nous ; qu'ils servent de leçons
A ces nouveaux rêveurs de révolutions !
Pour nous, laissons au temps d'accomplir sa promesse,
Ne précipitons rien, restons soumis sans cesse
A la loi du devoir ; ne nous exposons plus
A tomber de nouveau dans les mêmes abus.

VI

Un siècle aura bientôt emporté sur son aile
La révolution, mais nous vivons en elle
Par tant de souvenirs que ces temps malheureux
Ont laissés dans nos cœurs. Malgré nos chants joyeux
Quand le calme revint, malgré nos jours de fête,
Nous frémissons encor du souffle de tempête

Qui dans l'ombre et l'effroi fit sombrer nos aïeux.
Par le penser toujours nous vivons avec eux.
Nos parents nous ont dit leur tourment, leur misère ;
Pour moi, mêlant mes pleurs, aux pleurs de notre mère,
J'écoutais ses récits qui me portaient au bien,
Qui, mieux que toi le sut ? elle narrait si bien ;
Mon frère ! il t'en souvient ; son heureuse mémoire
Ne tarissait jamais ; dans ce vrai répertoire (1)
Chaque vieux souvenir était si bien classé,
Que jamais de l'entendre on ne se fût lassé.
— Elle me rappelait les jours de son jeune âge,
Ses amis, ses parents et leur noble entourage.
— Madame de Béget dirigeant le couvent (2)
Où la plaça sa mère encore toute enfant.
— Elle peignait si bien les traits, le caractère

(1) Madame de Chabron, née de Charbonnel-Jussac, avait été élevée dans la maison royale de Saint-Cyr, fondée par Madame de Maintenon. Elle avait une mémoire si prodigieuse qu'à l'âge de 87 ans, ayant conservé toutes ses facultés, elle récitait des milliers de vers.

(2) Madame de Chabron, avant d'aller à Saint-Cyr, passa ses premières années auprès de sa tante Madame de Béget, qui était alors supérieure des dames Ursulines de Monistrol. Ce couvent existe encore aujourd'hui, les jeunes personnes y reçoivent une bonne éducation religieuse.

De ce bon Père Armand (1), prieur du monastère (2),
Que je le vois d'ici sous son brun capuchon,
Un bâton à la main parcourant le vallon.
— Jamais rien n'épuisait cette grande mémoire,
Sur tout nouveau sujet, une nouvelle histoire.
— Avec elle j'allais visiter ce château (3)
Dont j'ai dit les splendeurs et le passé si beau.
— De ce parc autrefois éclatant de prodiges,
Quoiqu'il ne restât plus que de faibles vestiges,
Elle aimait à les voir, voulait les parcourir,
Chaque débris pour elle était un souvenir.
Elle aimait à parler des jeux de son enfance,
De ce qu'elle avait vu dans cette résidence,
Surtout de la bonté de ses maîtres puissants.

« Vois-tu, me disait-elle, en ce lieu, tous les ans,
» Le prélat de sa main couronnait la rosière,

(1) Le Père Armand était le frère de M. de Charbonnel.

(2) Le cloître des Capucins a été depuis lors considérablement agrandi et embelli. Ce vaste établissement est aujourd'hui un petit séminaire renommé qui contribue puissamment à donner de l'aisance et de l'animation à la petite ville de Monistrol.

(3) La moitié de ce vaste établissement appartient à la ville de Monistrol ; ce beau local est l'établissement des frères des écoles chrétiennes.

» Puis il la bénissait sous les yeux de sa mère.
» Là-bas était un temple auprès de ce bassin;
» La vigne s'y plaisait et le jus du raisin
» Egaya bien souvent tous les nombreux convives
» Qui venaient au château; là, c'était des eaux vives
» Qui sortaient d'un rocher; plus loin des arbresverts
» Abritaient des vergers de fruits toujours couverts :
» Tout à l'extrémité de cette vaste enceinte
» Le promeneur distrait trouvait un labyrinthe
» Où souvent par mégarde il égarait ses pas.

» Viens, continuait-elle, on ne se lasse pas
» En visitant ces lieux; étant toute petite,
» Mes jambes de dix ans pouvaient aller plus vite;
» Mais donne-moi ton bras, il peut bien soutenir
» Ta bonne et vieille mère. Ecoute un souvenir :
» Mon père au noble cœur devait quitter la France,
» Son devoir l'appelait pour venger une offense
» Qu'un peuple d'outre-mer avait faite au drapeau (1).
» Bien loin de redouter le poids d'un tel fardeau,
» Il prévoyait qu'un jour sur ces plages lointaines
» La fortune saurait faire oublier ses peines.

(1) Guerre d'Amérique.

» Avant de s'exposer aux fatigues des camps,
» Il voulut embrasser sa femme et ses enfants
» Et passer quelques jours auprès de sa famille :
» Puis il serra la main des amis de la ville,
» Et lorsque dans ses bras il nous fit ses adieux,
» Le prélat le bénit..... Il fut victorieux... »

Après ce court récit qui peignait ses alarmes,
De ses yeux animés je vis couler des larmes :
« Hélas ! ajouta-t-elle, il devait repartir,
» Mais cette fois c'était pour ne plus revenir (1). »

A ces mots je compris le trouble de son âme,
Et je la vis pâlir ; son doux regard de flamme
Plongeant dans le passé lui faisait entrevoir
Tous ces êtres chéris qu'elle n'a pu revoir.

Nous cheminions ainsi, je la laissais pensive,
La douleur au toucher, comme la sensitive,
Frémissante s'émeut ; il n'est pour l'adoucir
Que l'invincible espoir d'un meilleur avenir.

(1) M. de Charbonnel-Jussac, lieutenant-colonel d'artillerie, commandait l'avant-garde de l'artillerie du prince de Condé ; il fut tué sur ses pièces le 17 mai 1793.

VII

Alors portant nos pas vers ces lieux solitaires,
Où nous trouvons debout quatre arbres séculaires :
— « Asseyons-nous ici tout près de cet ormeau,
» De ce point élevé le paysage est beau ;
» Nous pourrons contempler les arides montagnes,
» Ces bois touffus, la Loire et ces vertes campagnes.
» Vois-tu dans le lointain les débris d'un château ?
» Ce fut Roche-Baron, assis sur un coteau ;
» Malgré ses grosses tours, ses triples murs d'enceinte,
» Il dut fléchir aussi sous cette rude étreinte
» Du temps qui détruit tout. Autrefois le baron,
» Armé de pied-en-cap, quitta son vieux donjon
» Pour voler au secours de cette terre sainte
» Qui vit naître le Christ : il s'embarqua sans crainte ;
» Bien loin de son manoir, suivi de ses enfants,
» Il alla tenir tête aux cruels Musulmans.
» A Nicée, il vainquit, et sa valeur guerrière
» Sur les tours d'Antioche ennoblit sa bannière ;
» Il baigna son coursier dans les eaux du Jourdain,

» Jusqu'aux murs de Solyme il arriva : soudain
» Le sort l'abandonnant, il tomba plein de gloire,
» Digne du nom de preux que lui donna l'histoire.
» Ses fils, après avoir pleuré sur son trépas,
» L'apportèrent ici dans les caveaux de Bas (1).

VIII

Puis m'indiquant du doigt, au fond d'un précipice,
Des rocs dont la nature un jour dans son caprice
A hérissé le sol, elle me rappela
Cette vieille légende, écoute et retiens-la.

« Regarde ici tout près, dans ces gorges arides,
» Le fond de ce ruisseau dont les ondes rapides
» De rochers en rochers tombent en mugissant,
» Et portent jusqu'à nous leur bruit retentissant.
» Sur l'un et l'autre bord, vois ces roches pendantes

(1) Bas, petite ville à 6 kilomètres de Monistrol, sur lesbords de la Loire, bâtie sous les ruines de l'ancien château de Roche-Baron.

» S'incliner vers l'abîme, ou ces pierres branlantes
» Se dresser vers le ciel. Autrefois nos aïeux
» Dont le cœur abondait en sentiments pieux,
» Ne pouvant s'expliquer ces jeux de la nature,
» Croyaient que le démon, apôtre d'imposture,
» Lui-même avait tassé tous ces blocs suspendus.

» C'est là-bas, disaient-ils, que jadis un reclus,
» Entrant dans ce caveau qu'on nomme Saint-Antoine,
» Creusé sous ce rocher à figure de moine,
» S'obligea d'y rester pendant toute une nuit,
» En prière, à genoux, sans souci d'aucun bruit.
» On ne sait de quel crime il se sentait coupable;
» Mais l'ardeur de sa foi, son remords implacable,
» L'entraînèrent ici pour pleurer et gémir.
» Les démons, furieux d'un si grand repentir,
» Firent autour de lui le plus affreux vacarme,
» Afin de le remplir d'épouvante et d'alarme.
» L'un, soulevant le lit du paisible torrent,
» Le rendit tortueux, rapide, bondissant.
» L'autre, traînant des blocs sur la plus haute cime,
» Avec un grand fracas les roulait dans l'abîme.
» Plusieurs contrefaisaient le cri des animaux,
» Des chacals, des lions, des tigres, des taureaux.

» Un surtout, s'approchant de l'étroite ouverture,
» Par où, jusqu'au reclus, descendait fraîche et pure
» La clarté de la nuit, l'insultait de son mieux,
» Vomissant contre lui des propos odieux.
» Même on dit qu'achevant cette œuvre malhonnête,
» D'un liquide innommable il arrosa sa tête.

» Cependant le reclus, de frayeur tout transi,
» Répétait maint *Ave,* maint *Gloria Patri.*
» La nuit lui parut longue et l'épreuve terrible
» Dans ces mêmes terreurs, dans cette angoisse horrible.
» Dieu, touché de ses pleurs, enfin le secourut :
» Un Ange avec le jour dans la grotte apparut.

» Demandez, lui dit-il, ô pieux solitaire,
» Tout ce que vous voudrez, je suis prêt à le faire.
» Mais l'homme dans son froc soudain s'était blotti ;
» Il se croyait trompé ; les *Gloria Patri*
» Et les *Sicut erat* devenaient plus rapides.

» Voyons ! raffermissez des pensers trop timides,
» Dit l'Ange, en s'adressant à notre bon reclus,
» Je viens vous secourir ; mais il n'obtenait plus
» Que *des Sicut erat* en forme de réplique.

» Enfin prenant au mot sa tremblante supplique :
» Halte-là, cria l'Ange, aux démons étonnés,
» Les crimes de cet homme ont été pardonnés ;
» Dieu sait prendre en pitié ceux qui font pénitence :
» Vous qui raillez si bien, tremblez sous ma puissance,
» J'exaucerai le vœu par ce moine formé;
» Donc, que chacun de vous en rocher transformé,
» Immobile et debout se fige à cette place.

» Le premier qui sentit l'effet de la menace,
» Fut le diable insulteur : tu le vois incliné
» Sous la forme d'un bloc, triste et capuchonné.
» Un autre pour bondir s'élançait à la hâte,
» Il s'arrêta tout court ; le voilà c'est Pilate.
» Caïphe son voisin rêvait le même saut,
» Mais collé sur sa base, il se trouva penaud.
» Bilhard (1) rallume en vain sa rage la plus vive,
» La boule qu'il lançait de l'une à l'autre rive
» S'attacha sur le roc. Les autres diablotins,
» Les farfadets rieurs et les esprits lutins,

(1) Ce coteau porte le nom de *côtes de Bilhard,* on y voit le caveau de St-Antoine et les rochers qui portent le nom de Pilate, Caïphe, etc.

» N'entendant plus la voix des chefs de leur phalange,
» Comprirent que du ciel était venu quelque Ange
» Pour sauver le reclus, et tournant le talon,
» Laissant tout en désordre en ce pauvre vallon,
» Ils s'enfuirent tremblants et saisis d'épouvante. »
....
....

Gai récit d'une mère à l'enfant qu'elle enchante !
O mort ! ô dure mort ! tout est donc sous tes lois !
Que ne puis-je, ô ma mère, entendre encor ta voix !

IX

En d'autres entretiens, souvent ma bonne mère
Me redisait le nom, les faits, le caractère
Des nombreux visiteurs qui venaient chaque jour
De l'Evêque du Puy former la grave cour :
Monseigneur de Gallard sous un aspect sévère
Cachait la plus belle âme, et dans son ministère
Il fut doux, il fut bon et surtout tolérant :
A ceux qui l'entouraient il répétait souvent ;

« Tous n'ont pas été mis par Dieu sur cette terre,
» Pour que leurs jours entiers s'écoulent en prière ;
» Dieu comptera surtout les bonnes actions,
» Le travail est aussi le frein des passions. »

Alors prêchant d'exemple, il quittait la colline
Et visitait la veuve et la pauvre orpheline,
Leur faisant entrevoir un meilleur avenir
Pour ceux qui, craignant Dieu, veulent bien le servir.
Que de fois on le vit entrer dans la chaumière !
Du pauvre, avec amour, il aidait la misère,
Et ressortait joyeux, car l'aumône enrichit,
Et celui qui la fait a le meilleur profit.

Chaque fois qu'un seigneur venait dans ces parages
Apporter au prélat des vœux et des hommages,
Pour Monistrol entier c'était jour de bonheur,
Tous en foule accouraient pour fêter Sa Grandeur.

Mais, que je laisse encor la parole à ma mère,
Ecoutons-la parler cette voix qui sut plaire.

« Un jour, c'était je crois dans le courant de mai,
» Le printemps revenu, le peuple était plus gai,

» Monseigneur recevait un puissant personnage ;
» Le duc de Polignac voulait à son passage
» S'arrêter en ces lieux. Un favori du roi !
» Certes ! c'était à mettre une ville en émoi.
» Pour recevoir le duc, pour fêter sa venue,
» Le peuple tout entier se groupa dans la rue :
» Du sein de cette foule on vit l'abbé Dutreuil,
» Vieillard aux pas tremblants, s'avancer sur le seuil
» Des portes du palais, saluer l'Excellence,
» Et chanter ces couplets faits pour la circonstance :

1er COUPLET.

Monsieur le duc vous recevoir
Ce n'est pas un petit affaire,
J'y ons mis tout notre savoir
Et je n'ons fait que de l'eau claire,
Mais les grands recherchent le cœur,
Or, vous l'avez charmant seigneur. *(bis.)*

2e COUPLET.

Qu'on ne dise plus que not' Puy
N'est pas connu de tout' la France,

Puisque l'on sait que c'est chez lui
Qu' les Polignac ont pris naissance,
Ma foi, sans ça, nous l'avouons,
L'on n' saurait pas si nous vivons. *(bis.)*

3e COUPLET.

Voyez ce p'tit qu'il est joli !
Du plus beau couple c'est l'image,
Voyez la douceur et l'esprit
Comm' ça s'y voit sur son visage :
Ma foi, s'il étions si joli,
C'est qu'il avions de qui teni. *(bis.)*

« Merci, monsieur l'abbé, répondit l'Excellence,
» Je garderai longtemps la bonne souvenance
» De l'accueil empressé qu'on me fait aujourd'hui ;
» Pour vous, monsieur l'abbé, comptez sur mon appui.

» Quelques mois écoulés, il tenait sa promesse ;
» Déjà de toutes parts cette fatale ivresse
» Qui sema tant de haine, au fond de tant de cœurs,
» Allait multiplier le crime et les fureurs.
» Le trône allait sombrer devant la république,

» Partout se propageait une terreur panique,
» Partont elle étendait déjà son voile noir,
» La rage des partis ébranlait le pouvoir.
» Cris de deuil, cris d'effroi, de meurtre ou de vengeance !
» Le duc alors, forcé d'abandonner la France,
» Dut, sous peine de mort, fuir devant le péril.
» Le digne abbé Dutreuil partagea son exil. »

X

O proscrits ! ô martyrs que la mort vit sans crainte,
Qui, dans nos souvenirs, avez laissé l'empreinte
De toutes vos vertus, sortez de vos tombeaux,
Parlez ! Nous direz-vous le nom de vos bourreaux !
« A quoi bon ? disent-ils ; le martyr qui succombe
» Ne sait que le pardon, nous du seuil de la tombe,
» Nous demandions au ciel que nos derniers neveux
» Et les leurs, plus que nous fussent toujours heureux. »

Oublions donc comme eux les méchants et leurs crimes,
Et ne nous rappelons que les grandes victimes,
Que leurs exemples purs et les nobles bienfaits,
Que prodigua leur vie autour de ce palais.

Illustre de Gallard, à vous donc notre hommage,
Vous avez en ces lieux marqué votre passage ;
Votre nom a pris place entre les plus beaux noms ;
L'avenir l'apprendra, les générations
Le rediront longtemps, et votre âme si belle
Verra du haut des cieux une foule nouvelle,
Toujours prête à bénir le vénéré pasteur
Qui de son cher troupeau fut le consolateur.

Mais que l'homme, Seigneur ! est changeant et frivole !
Du bien que l'on a fait le souvenir s'envole
Sur l'aile de l'esprit qui nous conduit au mal ;
Le temps passe, tout rentre en son état normal.

Hélas ! qui l'aurait cru ? qu'au milieu de l'orage,
On ne respecterait ni son rang, ni son âge,
Et que ce bon vieillard aurait ses mauvais jours ?
Qui l'aurait cru, grand Dieu ? Mais racontons toujours !
Malgré tous ses efforts pour calmer la tempête,
Il dut se résigner à quitter sa retraite ;
Au seuil de son palais, le prélat bienfaisant,
Rencontra la menace et les hommes de sang ;
Tigres qui, de fureur frémissaient à sa vue,
Le bruit d'une arme à feu retentit dans la rue

L'attentat s'attaquait aux jours de Monseigneur !
Mais lui, l'homme du Christ, insensible à la peur,
Il subit sans pâlir le péril et l'outrage ;
Rien ne put altérer les traits de son visage ;
Il conserva son calme et désertant ces lieux,
Il bénit ses bourreaux.... tels furent ses adieux !

Nos pères n'ont jamais revu cette grande âme,
Mais elle est avec nous, tout ici la proclame :
Voyez cet édifice où de pieuses sœurs
Par leurs soins assidus savent sécher les pleurs !
Là, tous les malheureux, les pauvres de la ville,
Pour la fin de leurs jours, trouvent un sûr asile :
De Gallard l'a créé. Voyez tout à l'entour
D'autres bienfaits encor dans un autre séjour.
Par les soins du prélat, l'enfant apprend à lire ;
Ailleurs, ce sont ces ponts qu'il aimait à construire ;
Ces grands arbres, le charme et l'honneur des chemins,
C'est lui qui les planta ; nos coteaux, nos ravins
Se reboisaient par lui ; pour les propriétaires
Son généreux souci créait les pépinières :
Partout nous retrouvons la trace de ses pas,
C'est qu'à faire le bien il ne se lassait pas.

Un jour, nous l'espérons, et ce grand jour approche,
Nous pourrons réparer les torts qu'on nous reproche,
Et nous verrons grandir un de ces monuments
Que la reconnaissance offre aux grands dévoûments.

XI

Hélas! le grand prélat ne fut pas seul victime
Des fureurs de ce temps où commandait le crime.
Quand l'étendard sanglant fut partout déployé,
Des hommes au cœur dur, frappèrent sans pitié
Les femmes, les enfants, le clergé, la noblesse;
Rien ne leur fut sacré, pas même la vieillesse!

Oui! l'on vit Charbonnel, un vieillard de cent ans,
Chargé de fers, traîné, malgré ses cheveux blancs,
Traîné dans les cachots de Saint-Didier-la-Seauve (1)!
Cruels! quoi! sans respect pour ce noble front chauve!...
Mais qu'importait son âge! il était à vos yeux
Redoutable et funeste... il était vertueux.

(1) Saint-Didier-la-Séauve, petite ville à 10 kilomètres de Monistrol.

Vous n'entendiez donc pas, au fond de vos entrailles,
De vos propres remords les promptes réprésailles !
En proie au cauchemard de songes monstrueux,
Ne trembliez-vous pas que du plus haut des cieux,
Dieu s'armant à la fin d'une juste colère,
Ne fît tomber sur vous le feu de son tonnerre !
Vous l'aviez méconnu, ce Dieu de l'univers ;
Vous blasphémiez son nom, et dans vos cœurs pervers,
Qui ne respiraient plus que crimes, que vengeances,
Vous inventiez toujours de nouvelles souffrances
Pour torturer encor des êtres purs et doux,
Coupables de bienfaits qui parlaient contre vous.

Qu'avait fait ce vieillard, si frêle, si tranquille ?
C'était le bisaïeul d'une noble famille,
Et cela suffisait pour qu'en ces jours d'horreurs,
Il dût subir l'arrêt de vos lâches fureurs.
Il touchait au déclin de sa longue carrière,
Et nul de ses enfants ne ferma sa paupière ;
Des verroux d'un cachot il entendit le bruit,
Ce fut son dernier jour !... il mourut dans la nuit ! ! !

XII

Ainsi vous résistiez, proscripteurs des familles,
Aux larmes d'une mère, aux sanglots de ses filles !
De Charbonnel-Jussac, fidèle à ses serments,
Avait quitté la France et servait dans les rangs
Du prince de Condé : vous ne pouviez l'atteindre ?
Son épouse, à vos yeux, n'était donc pas à plaindre ?
Elle pleurait pourtant l'absence d'un époux :
Mais qu'importe ! il fallut mettre sous les verroux
Cette femme martyre ! en ces œuvres du lâche,
Vous alliez jusqu'au bout poursuivant votre tâche !
Pourquoi les épargner, ces malheureux enfants ?
Dépouillez-les de tout, faites des indigents !

On vit alors trois sœurs (1), dont une fut ma mère,
Sans asile, sans pain, en proie à la misère,

(1) 1° Madame de Charbonnel, économe générale des Dames du grand Sacré-Cœur.
2° Madame de Chabron.
3° Madame Jourda de Vaux de Foletier.

S'abriter pauvrement dans un pauvre réduit,
Où souvent à pleurer elles passaient la nuit.

Au milieu des rigueurs de ces temps déplorables,
Il se trouva pourtant des âmes charitables
Qui surent adoucir les chagrins, les ennuis
De ces pauvres enfants et furent leurs appuis.

Quel était cet ami qui, pendant la nuit sombre,
Avançait lentement, en se glissant dans l'ombre,
Pour cacher le bienfait comme un crime. — Son nom
Devra trouver sa place ici : c'était Pagnon (1).
En venant en secret déposer son aumône,
Afin qu'on ignorât cette main qui la donne,
De ces trois jeunes sœurs, devinant les besoins,
Il fuyait inconnu, n'ayant eu pour témoins
Que le Dieu qui voit tout, et que sa conscience.

Oui, la pitié resta fidèle à l'indigence!
Aussi l'on vit encor la boulangère Oudin,
A ces pauvres enfants, fournir toujours du pain.

(2) Le docteur Pagnon, jeune encore, montra d'abord un grand enthousiasme pour les idées nouvelles; mais le fait cité témoigne du moins de la générosité de son cœur.

Pourtant l'œuvre du bien conduisait à l'abîme ;
Les méchants avaient fait de la vertu le crime,
La vertu que fuyaient désormais les respects
Provoquait le péril et faisait des suspects.

XIII

Pendant tes courts congés, tu t'en souviens, mon frère,
Toujours avec bonheur tu retrouvais ta mère,
Assise au même endroit, auprès de son foyer ;
A la faire causer pouvais-tu t'ennuyer ?
Elle avait, par l'étude, acquis tant de science ;
Elle avait assisté, dans sa longue existence,
A tant d'événements, elle avait tant souffert,
Que lorsqu'elle pouvait parler à cœur ouvert
Auprès de ses deux fils trop heureux de l'entendre,
Son cœur se ranimait et sa voix douce et tendre
Exprimait tour à tour la joie ou la douleur,
Suivant que ses récits émouvaient son bon cœur.
Souvent elle parlait de son malheureux père
Qu'elle avait tant aimé ; puis de son jeune frère
Succombant sous les coups de farouches bourreaux,

Et massacré par eux dans les champs des Brotteaux.
Ensuite ses regards se tournaient vers sa mère.
Libre enfin, elle put partager leur misère ;
Ce jour tant désiré fut un jour de bonheur ;
Elle pleurait de joie en pressant sur son cœur
Ses malheureux enfants longtemps perdus pour elle.
L'orage se calmait, une aurore nouvelle
Qui commençait à poindre à l'horizon lointain
De toutes ses douleurs lui présageait la fin.

A la crainte bientôt succéda l'espérance,
Le regard du proscrit se tourna vers la France ;
Il put se prosterner aux pieds de l'Eternel,
Le lugubre échafaud croulait devant l'autel.

Comme un torrent grossi par les eaux d'un orage,
En sortant de son lit, détruit sur son passage
Tout ce qui fait obstacle à ses flots irrités,
Et laisse en se calmant tous ses bords dévastés ;
De même, après ces jours de fureur et de rage,
Où jamais le pouvoir ne sut dompter l'orage,
On vit la nation couverte de tombeaux,
Eperdue, affaissée, et la France en lambeaux :
Il fallut de nouveau rebâtir l'édifice
Effondré tout entier au fond d'un précipice.

XIV

Le règne des méchants allait enfin finir,
Des hommes au cœur droit, au touchant souvenir,
L'olivier à la main, vinrent sécher les larmes
De ces nombreux martyrs, et calmer leurs alarmes.
Que ton nom soit béni, noble et juste Pierray,
Tu fus l'ange sauveur de ce pauvre Velay :
Les victimes d'alors vinrent à ton passage
Pour te complimenter. Une fleur de jeune âge (1),
Dont la noble famille avait eu des revers,
Une enfant à ta gloire improvisa des vers.
Ma mère les savait, sa mémoire si vive
Ainsi les redisait dans leur forme naïve.

Pierray vient essuyer nos larmes,
Il est ici pour les tarir,
Le calme renaît, plus d'alarmes,
Ce n'est qu'aux méchants à pâlir.

(1) Mlle Jourda de Vaux de Foletier.

Il est l'ami de la justice
Et Minerve dicte ses lois,
Bons citoyens, sous son auspice,
Nous allons recouvrer nos droits.

Avec lui je vois son épouse
Qui vient embellir nos climats,
Vénus même en serait jalouse
Si les cieux voyaient ses appas.

Pierray, pour le malheur tu te montras propice,
Et toujours et partout prêt à rendre un service.
Le Velay de ton nom garde un tel souvenir,
Que ce nom parmi nous ne doit jamais périr.
Ici-bas ta vertu conquit une couronne :
Tu l'as plus belle aux cieux où c'est Dieu qui la donne.

XV

Grâce aux hommes de bien, le calme put renaître
Et la tempête enfin finit par disparaître.
Nous avions devant nous un nouvel avenir,
La tâche était donnée, il fallait la remplir ;

C'était l'œuvre du temps. Malgré la résistance
Des hommes du passé, qui, dans leur ignorance,
Voulurent de leurs dieux relever les autels,
Les principes nouveaux jaillirent immortels.
L'homme fut transformé, le hideux despotisme
Périt et disparut dans ce grand cataclysme.
Ce baptême coûta des larmes et du sang,
Mais il promit au monde un bonheur florissant.
A nous de recueillir ce brillant héritage !
Non, l'homme n'est pas né pour vivre en esclavage ;
Dieu donne à ses enfants leur part de liberté,
Il veut qu'ils soient heureux avec l'égalité.

Nos aïeux pouvaient-ils croire à tant de miracles,
Tandis qu'à chaque pas ils trouvaient des obstacles
Qui retardaient leur marche et barraient leur chemin !
Ils disaient : UTOPIE !! Ils se trompaient ! Enfin,
Une étoile apparut, présage du bien-être.
Ces beaux jours assurés commencent à paraître ;
Pour marcher au progrès sachons régler nos pas
Aux pas du Souverain qui ne faiblira pas !

Ce progrès incessant tu l'aimais, ô ma mère !
Tu vis ces premiers feux briller sur cette terrre :

Puis tu nous embrassas en nous disant adieu,
Tu rendis doucement ta belle âme à ton Dieu,
Tu t'envolas au ciel murmurant des prières
Pour tes fils à genoux qui fermaient tes paupières.

Dors en paix, bonne mère, auprès de ton époux,
Tous deux du haut des cieux vous veillerez sur nous :
Nous irons chaque jour orner de fleurs nouvelles
Ce monument où sont vos dépouilles mortelles :
Nous penserons à vous, nous suivrons vos leçons,
Vous fûtes vertueux, nous vous imiterons;
Puissions-nous mériter, à notre dernière heure,
Pour prix de nos vertus, la céleste demeure!

www.ingramcontent.com/pod-product-compliance
Ingram Content Group UK Ltd.
Pitfield, Milton Keynes, MK11 3LW, UK
UKHW020958220726
13924UKWH00002B/762

9 782019 183172